si quieres ver una

para clio rose
j. f.

para katie, a quien le gustaría ver
una ballena (o un delfín) conmigo
e. s.

Título original: *If You Want to See a Whale*

© 2013 Julie Fogliano, por el texto
© 2013 Erin E. Stead, por las ilustraciones

Traducción: Paulina de Aguinaco Martín
Diseño: Jennifer Browne y Philip C. Stead

Publicado según acuerdo con Roaring Book Press, una división de Holtzbrinck Publishing
Holdings Limited Partnership, a través de Sandra Bruna Agencia Literaria, S.L.

D.R. © Editorial Océano, S.L.
Milanesat 21-23, Edificio Océano, 08017 Barcelona, España
www.oceano.com

D.R. © Editorial Océano de México, S.A. de C.V.
Blvd. Manuel Ávila Camacho 76, piso 10, 11000 México, D.F., México
www.oceano.mx
www.oceanotravesia.mx

Primera edición: 2014

ISBN: 978-607-735-467-3
Depósito legal: B-24373-2014

IMPRESO EN ESPAÑA / *PRINTED IN SPAIN*

9003955010115

si quieres ver una ballena

ESCRITO POR Julie Fogliano

ILUSTRADO POR Erin E. Stead

OCEANO travesía

si quieres ver una ballena
necesitarás una ventana

y un océano

y tiempo para esperar

y tiempo para observar

y tiempo para preguntarte *¿es eso una ballena?*

y tiempo para descubrir que *no,*
tan sólo es un pájaro

si quieres ver una ballena
necesitarás una silla no demasiado cómoda
y una manta no demasiado acogedora
porque los ojos somnolientos
no son buenos para ver ballenas
y las ballenas no acostumbran esperar
para ser vistas

si quieres ver una ballena
deberás ignorar las rosas
y su color
y su dulzura
y su frescura y su cadencia
porque las rosas no quieren que veas ballenas
o que esperes
o que busques
cosas que no son rosadas
y cosas que no son dulces
y cosas que no son rosas

si quieres ver una ballena
no mires a lo lejos
hacia donde se encuentra aquel barco
con la bandera ondeando

porque los posibles piratas
no serán de mucha ayuda
cuando estés esperando a una ballena

si quieres ver una ballena
no habrá tiempo para observar a los pelícanos
quienes pueden estar sonriendo o no
sentados, observando, vigilando
porque los pelícanos que esperan y observan
nunca serán una ballena

si quieres ver una ballena
no permitas que te distraiga
algo milimétrico y verde
en una brizna, mordisqueando y deslizándose
porque las cosas más diminutas
no son tan enormes como una ballena

si quieres ver una ballena
no debes mirar las nubes
flotando encima de ti, o inmóviles
en el firmamento amplio y azul
o al cielo que brilla
porque si miras hacia arriba
podrías perder de vista a una ballena

si quieres ver una ballena
mantén ambos ojos en el mar

y espera

y espera

y espera...

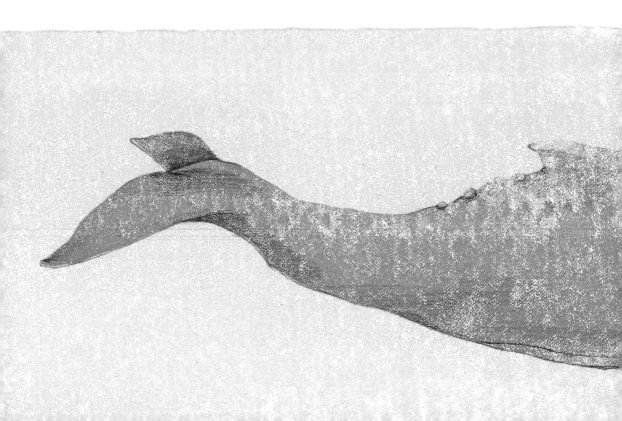

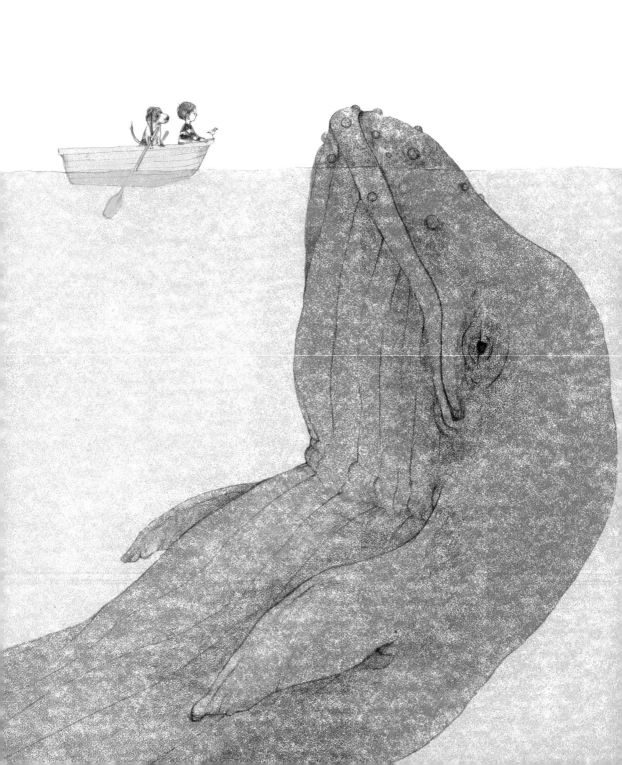